KB091901

그리움이
사랑을 품을 때

김이진 제3시집

시음사
시사랑음악사랑

본문
시낭송
감상하기

QR코드 스마트폰으로 QR 코드를 스캔하면
시낭송을 감상할 수 있습니다.

제목 : 내 마음에 꽃비가 내리면
시낭송 : 박영애

제목 : 그리움 하나 있다는 것
시낭송 : 박순애

제목 : 꿈을 꿀 수 있다는 것
시낭송 : 김기월

시인은 자연을 이야기하고
시낭송가는 자연을 품었다.
글자는 날개를 달아 언어로 날고
소리는 자연에 눕는다.

시인의 말

마라토너가 42.195㎞를
완주하기 위하여 긴 시간을 달리는 동안
온갖 유혹을 뿌리치며 자신과의 싸움에서
고통을 감내해야만 했던 것처럼 때로는 아파하며
밤새 고열로 끙끙거리다가 아침을 맞이하기도 하였습니다.

이제 필자의 세 번째
감성시집《그리움이 사랑을 품을 때》을
독자들의 따뜻한 품속으로 시집을 보냅니다.

첫 시집을 만날 때
그 설렘처럼 떨림으로 다가옵니다.

입안에서 톡톡 터지는 아름다운 언어들의 속삭임
독자들에게 선물 같은 사랑 듬뿍 받았으면 좋겠습니다.
누군가의 가슴을 촉촉하게 적시는 맑음의 숨결이길 바랍
니다.

누군가에게 따뜻한 위로가 되고
숲에서 불어오는 상큼한 바람이길 바랍니다.
잔잔한 감동으로 독자들의 가슴에 오래오래 기억되었으면
좋겠습니다.

사랑합니다.

시인 김이진

* 목차 *

제1부 꽃잎 편지

* 목차 *

제2부 조금만 더 가까이

* 목차 *

제3부 그리움 하나 있다는 것

* 목차 *

제4부 섶다리

제1부 꽃잎 편지

내 가슴 속 서랍에
꼭꼭 숨겨둔 꽃잎 편지
아침 햇살에 수줍은 듯 얼굴 붉힌다

달리는 시인 김이진

행복〈시조〉

인생은
취한 듯이
살아야 제맛이지

그렇게
사는 것이
최고의 행복이지

날마다
오늘처럼만
사랑하자 위하여.

인연〈시조〉

만남과
이별 속에
인연은 무엇인가

어디로
돌고 돌아
내 품에 안기는가

날마다
걷는 인연 길
꿈결처럼 좋아라.

무꽃〈시조〉

순결한
너의 모습
이내 맘 주고 싶네

예쁘다
별꽃이다
정말로 앙증맞네

아픔을
잘 이겨낸 너
봄꽃으로 왔구나.

봄비

그

대

의

가슴을

훔쳐보고 싶은
마음을 알기나 할까.

봄비2

얼마나
그리웠으면

얼마나
보고 싶었으면

내 가슴을
흠뻑 적셨을까

나도
너처럼
네 가슴을
흠뻑 적시고 싶음이다.

공간2

지난밤
그대가 남기고 간
한 줄의 짧은 글 속에
발길 머무름 행복한 아침입니다

당신이 누구인지
단 한 번도 만난 적 없지만
당신의 향기는 가슴을 촉촉하게 적시어 준답니다

수많은 사람들의 이야기
서로의 마음을 주고받는 공간
그 소중한 인연들과의 만남 아름다운 축복입니다

내가 남긴 글 한 줄이
서로에게 작은 위로가 되고
기쁨으로 함께였으면 좋겠습니다

내가 올린 시 한 편이
작은 울림이었으면 좋겠습니다
날마다 오늘이 기쁨이며 감사이며
선물 같은 하루였으면 정말 좋겠습니다.

보름달〈시조〉

날마다
너의 품에
달려가 안기련다

보고픈
마음처럼
애틋한 사랑 담아

손톱에
새겼던 마음
네 가슴에 새길게.

그 여자

요즘
여자들은
테스형을 사랑한다지

하지만 그녀는
소크라테스보다
히포크라테스를 더 좋아한다지

비 오는 날의
수채화를 그리며
수채화 물감에 가슴을 적시는 여자

연초록 봄비에
가슴을 내어 주는 여자
그 여자가 풋풋한 사랑에 빠졌다

꽁꽁 동여맨
가슴을 풀어헤친다
봄의 유혹에 그 여자는 포로가 되었다.

작은 바램

시인이
멋진 글을 쓰기 위해
가슴을 내어주는 것처럼

요리사가
맛있는 음식을 만들기 위해
최고의 정성을 담아내는 것처럼

그렇게
가슴을 내어주고
아름답게, 맛깔스럽게
익어갔으면 좋겠습니다.

봄의 유혹

겨울비에
가슴 적시지마

알았지

그러다가
감기 걸리면
어쩌려고 그래

내
따뜻한
가슴으로 말려 줄게.

꽃잎 편지

어느 봄날
설렘으로 다가온 당신

내 가슴 연초록
향기로 꽉 채운 당신

내 심장은
당신으로 인해
뛰고 있어 참 행복하다

시간 속 여행이다

내 가슴 속 서랍에
꼭꼭 숨겨둔 꽃잎 편지
아침 햇살에 수줍은 듯 얼굴 붉힌다.

눈물의 꽃

몸통만 남았다
팔다리가 잘려 나갔다
온몸에는 상처투성이다

얼마나 아팠을까
차가운 바닷바람 견디며
새로운 생명을 잉태한 너

봄이 오는 길목에서
붉은 눈물을 토해내는 동백꽃

파도의 울부짖음
꽃샘바람을 타고
내 가슴 속으로 파고든다.

꽃샘바람2

바람도
그리움을
품고 사는가 보다

투박한 남자의
가슴을 마구 흔들고 있다

나 보고 어쩌라고
이렇게 흔들어 대는지
참으로 야속하기만 하다

그래 흔들려 보자
봄바람에 흔들리지
않을 사람 어디 있겠는가

바람아 불어라
내 품속으로 달려와 안겨라
너를 핑계 삼아 흔들리고 싶음이다

불
어
라

바람아…….

파도의 숨결〈시조〉

날마다
널 그리다
하얗게 부서진다

파도의
포말처럼
애달픈 사랑인가

파도가
머문 그 자리
너의 숨결 그립다.

시샘이 말랐다

가끔은
이렇게 아프다
지독한 독감처럼

고열이다
단비가 가슴으로 흐른다

앙상한 나뭇가지에 맺힌
빗방울이 남자를 유혹한다

봄을 기다리는 여심처럼
투박한 사내의 가슴으로 꽃비가 내린다

롱 패딩을 입은 남자는
가방을 메고 현관문을 나선다

그리고
수줍게 내리는
빗속으로 말없이 걸어간다
잃어버렸던 복근을 찾으러……

23

아버지의 정원

문득
당신이 그리웠습니다

시간이 지나면
당신을 잊을 수 있을 줄 알았습니다

세월이 흐를수록
나이가 먹어갈수록
당신을 향한 그리움은
노란 민들레가 되었습니다

당신의 정원에도
봄은 어김없이 찾아왔나 봅니다
이름 모를 작은 들꽃들이 마중을 합니다

당신의 이름 석 자 새겨진
묘비 앞에 머리 숙여 불러봅니다

아버지
당신이 그립습니다

아버지
당신이 보고 싶습니다.

하늘을 품었다

하트를 닮은
예쁜 샘에 비친 얼굴

하늘은 날마다
그녀의 품에 안긴다

지나는 바람도
지나는 사람들도
그녀의 품속으로 빠져든다

뜨거운 심장을 꺼내놓고
촉촉하게 입술을 적신다

하늘을 품었다
나도 그녀를 품었다

그녀의 마음은
숲에서 불어오는
맑음의 숨결처럼
초록 향기로 다가와
투박한 사내의 가슴을 흔들고 있다.

밤이 젖는 까닭

비가
밤을
훔쳤다

밤은
남자의
가슴을 훔쳤다

남자는
그녀의
마음을 훔쳤다

그렇게
밤은 뜨거운
숨결을 훔쳤다.

이유 아닌 이유

연필이 부러졌답니다
연필깎이도 고장이구요

생각도 빨간불입니다
엔진 체크라고 쓰여 있네요
윤활유가 바짝 말라 버렸어요

A4 용지 위에
부러진 연필이
하얀 붕대를 감고 있네요

따뜻하게
안아 주고 싶은데
그럴 수가 없어 가슴이 아프네요

천천히 걸어야 하나 봅니다
앞만 보고 달려온 수많은 시간들
맑음의 숨결 그대 품속에 마음을 내려놓습니다.

시가 바람이 났네

바람의 유혹
시가 바람이 났네
그렇게 흔들리고 싶음이다

코로나19로
얼어붙었던 작은 도시
시의 향기 발걸음을 붙잡는다

동강의 차가운 바람
골목길로 힘차게 달려와
감미로운 시와 열애 중이다

따끈한 커피 한잔
낭만이 있는 시의 거리
사랑하는 사람과 함께이고 싶다

바람난 시처럼
그렇게 취하고 싶음이다
그렇게 흔들리고 싶음이다.

아침 햇살 속으로

매일
만나는
아침이지만

오늘따라
아침 햇살이
참으로 사랑스럽다

봄의 속삭임이다

당신을
미워할 거야

그 말이
왜 그리도
가슴이 찡해오던지

나를
기다리고 있었구나

당신의
아침을 사랑합니다

아침 햇살 속으로
상큼한 그녀가 걸어온다.

눈물이 나는 까닭은

봄이라는
말만 들어도
눈물이 난다 하네요

내게도 이렇게
마음 설레는 날이 있었나
당신에게 물어본답니다

세상에서
가장 빠른 새가
눈 깜짝할세라 하지요

상큼한
봄 햇살이
너무나 아름다워
눈물이 난다 하네요

봄은
알고 있을 거야

눈물의 의미를
우리 엄마의 마음을……

봄을 기다리는 남자

핸드폰도
상큼한 봄을
기다렸나 봅니다

그녀가
부르는 소리에
한걸음에 달려왔습니다

보고 싶은
마음만큼이나
그녀의 목소리를 꼬옥 안아봅니다

투박한
남자의 가슴은
봄의 설렘처럼 떨림입니다

동강의
얼음장 밑으로
잠에서 깨어난 사랑이 흐릅니다

봄을
기다리는
멋진 남자의 가슴 속으로…….

제1부 꽃잎 편지

함께여서 행복합니다

봄비가
가슴을 타고 내리는 아침
수채화 물감 냄새가 폴폴
연초록 향기로 다가옵니다

방금
목소리 듣고
얼굴 보았는데
또 보고 싶음은 뭘까

당신 생각만 해도
당신 목소리만 들어도
당신 얼굴만 바라만 보아도
왜 이리도 행복한지 모르겠습니다

내 삶에
예쁜 천사처럼 다가온 당신이
내 사랑이라서 참으로 행복합니다

늘 함께여서 고맙고
늘 함께여서 감사합니다
내 사랑 당신을 사랑합니다.

커피 향에 눈 뜨는 여자

남자가
아침을 깨운다

향이 좋은 커피를 볶아
커피를 내리는 멋진 남자

투박한 머그잔에
사랑을 담은 커피 한잔
잠자는 여인의 코끝을 자극한다

커피 향에
눈 뜨는 여자
상큼한 그녀와 함께
행복한 아침을 포옹한다

그렇게
우리의 아침은
진한 커피와 함께 사랑에 빠진다.

아침이 가져다주는 행복

베란다 창을 지나
거실로 들어온 아침 햇살

초록 친구들의
싱그러운 비명에
왈츠를 추는 행복한 아침

나 혼자만의 시간
입안에 감도는 쌉싸름한 커피 내음

목구멍을 타고
가슴으로 흐르는
뜨거운 숨결에 취하는 아침이다

아메리카노
커피 한 잔이
가져다주는 작은 행복

커피 한 잔의
여유로움에 젖어
햇살 한 줌 가슴에 담아봅니다

날마다
맞이하는 아침이지만
오늘 이 아침이 참으로 행복합니다.

봄비에 가슴을 내어주고

겨우내
얼어붙었던 가슴을
봄비에 내어주고 싶음입니다

누군가
이 아침에
찾아올 것만 같은 느낌

따끈한 커피 한잔 들고
베란다 창밖으로 내리는
봄을 소리 없이 불러봅니다

봄비 오는 소리에 취하고
그리움 가득한 커피 냄새에 취하고

커피잔 속에 빠진
입술은 뜨거움도 잊은 채
비발디의 사계 봄 속으로 걸어갑니다.

제2부 조금만 더 가까이

삼천 번의
옷깃을 스쳐야만
만나진다는 소중한 인연처럼
오늘 하루가 우리에게 최고의 선물이길요

달리는 시인 김이진

선물

오늘처럼
아름다운 날에

오늘처럼 행복이
왈츠 속으로 빠지는 날에

살아 숨 쉴 수 있다는 것
뜨거운 심장이 뛰고 있다는 것

그것은 신이 주신
고귀한 선물이며 축복이다

오늘도
그대를 만날 수 있음에…….

구속

아!
어쩌지요

당신을 시 속에
풍덩 빠지게 해서

당신의 마음을
다 헤집어 놓았다고

당신의 마음을
온통 초록으로
물들여 놓았다고

이러다가 멋진 남자
구속되는 건 아닌지요

행여나
법정에 서면
오월의 싱그러운
향기바람이라 말해주시구료.

숨결2

땀 냄새가
진하게 묻어난다

넌 거기에 있었지
뜨거운 숨결이었지

앙증맞은 너
작은 꽃망울

난
너를
사랑했었지

그러던
어느 날
수줍은 얼굴로
날 반겨주었지

노랗게 물든
너의 예쁜 가슴은
내 가슴을 콩닥거리게 하였지…….

안부3

하루를 여는 아침
창으로 흐르는 빗물처럼
피아노의 음률 가슴속으로 흐른다

가녀린 손끝에서
묻어나는 사랑의 숨결
사뿐사뿐 건반 위에서 왈츠를 춘다

아름다운 감동
달콤한 사랑의 노래
싱그러운 아침 속으로 걸어간다

수채화
물감 냄새가
진하게 묻어나는 날에…….

안부5

아침 햇살이
매일 다가와 안부를 묻듯
나도 누군가에게 안부를 묻고 싶다

어느 날 누군가
문득 그리워질 때
파란 하늘에 마음 하나 걸어놓는다

그

리

고

편지를 쓴다

연초록 숨결 그녀에게…….

파도5

서투른
몸짓 때문일까

파도의 숨결을
느낄 수가 없다

바람은
아무 말 없이
그냥 스쳐 지나간다.

사랑샘

촉촉하게 젖었다

그녀의 입술도
멋진 남자의 입술도

달달하다
캐러멜마키아토처럼…….

사랑샘2

하늘을 품은 그대
아름다운 사랑입니다

맑음의 숨결로 다가와
마음 하나 내려놓습니다

붉은 입술의 유혹
뜨거운 숨결로 걸어옵니다

비가 내립니다
한 줄기 비가 되어
그대 가슴에 사랑샘이 되고 싶음입니다.

사랑은6

사랑은 때로는
꽃샘바람처럼
앙탈을 부린다

억지로
안으려
하지 말아요

가끔은
마음이 아파도
그냥 애교로 봐줘요.

사랑은12

바람처럼
다가왔다가

바람처럼
스쳐 지나간다

붉은 입술의 유혹
떨림으로 다가온다

연초록
그녀의 숨결

아
직
도

내 가슴 속에 남아있는데......,

금몽암에서

수채화 물감 냄새가
아침 햇살을 등에 업고
산사의 작은 뜨락에 내려앉는다

누가
수채화 물감을
풀어 놓았을까

산사의
처마 끝은
하늘에 닿을 듯
숨죽이며 불경을 읽는다.

붉은 메밀꽃

그녀의 체취
뜨거운 숨결이다

초록 물방울이 뚝뚝 떨어진다
파란 하늘 보기 부끄러움일까
수줍은 그녀 살포시 드러눕는다

지나는
강바람도
살포시 다가와
그녀 옆에 살포시 드러눕는다

누가
수채화 물감을
흠뻑 뿌려놓았는가
그녀의 가슴은 온통 붉은 꽃물결이다.

육사 이원록

수
인
번
호
264

고난의 가시밭길
그대 누구를 위하여
피눈물을 흘리셨나요

육사 이원록

그대 광복의
함성을 들으셨나요
가슴을 흠뻑 적시는
뜨거운 눈물을 보셨나요

민족시인 이시여!
저항시인 이시여!
아름다운 임이시여!

가슴이 뜨겁도록
가슴이 울컥하도록
마음을 풀어헤치고
파란 하늘을 우러러
이육사 당신을 불러봅니다.

비가 아프다

비가 밤을 적신다
그녀가 보고 싶다
비의 마력 때문일까
당신이 더 그립고 보고 싶다 말한다

바보
그냥 당신이 보고 싶어
미치겠다고 말하면 될 것을
왜 맨날 비 핑계만 대는 걸까

손 내밀어도 잡히지 않는 사랑
더 이상 아프기 싫다고 말하는 그녀

당장이라도 달려가서
그녀를 꼬옥 안아주고 싶다
그리고 뜨거운 사랑을 하고 싶다

너에게
흠뻑 젖고 싶다

너에게
투박한 가슴을 내어주고 싶다

밤을 적시는
너를 핑계 삼아……

그녀의 숨결

어둠 속으로
또각거리며 걸어오는
그녀의 목소리가 사랑스럽다

아파트 계단을
오르는 그녀의 숨결
살포시 안아주고 싶음이다

그것이 꿈일지라도
오래도록 기억하고 싶음이다
이 밤을 꼬옥 붙잡고 싶음이다.

유월의 왈츠

싱그러운
아침 햇살이
향기바람과 달콤한 사랑에 빠졌다

그대의
품속으로 들어간다
들꽃들의 속삭임 정겨움이다

저 멀리 비탈진 조그만 화전
황금색으로 채색된 보리의 숨결
유월의 포옹 속에 수채화를 그린다

가끔은 파란 하늘 쳐다보며
초록빛 눈망울로 다가가지만
아무런 말이 없는 너를 불러본다

그 옛날 그리움에
여윈 몸 하늘거리며
가슴 속으로 파고드는 너
유월의 왈츠 속으로 걸어간다.

유월의 아침에

달콤한 바람
초록 향기 진하게
내 가슴을 적시는 날
뜨거운 햇살이 행복에 젖는 날

유월의
싱그러운 아침
당신의 가슴을 노크합니다

첫사랑의 설렘처럼
붉은 꽃 정열을 닮은
당신의 수줍은 가슴에
수채화 물감으로 물들이고 싶음입니다

누군가
그리운 날에

누군가
보고픈 날에

연초록이
향기바람을 부르는 날에……

53

남자는 그랬다

어느 여름날 발령을 받고
새로운 임지로 출근하는 남자
어제 그 길을 신바람 나게 달리고 있다

운전 중 무엇인가
열심히 찾고 있는 남자
그 비밀의 해답은
사무실에 도착해서 알았다

하루의 피로를 샤워로 대신하고
시집 수채화로 물들인 사랑을 만나러 갔다
남자는 서재에서 아무 생각이 없다
여기에 왜 서 있는지

지인의 결혼식
같이 가자고 약속을 했다
형님 지금 어디쯤 오고 있냐고

아뿔싸,

남자는 지금

굵은 땀방울을 친구삼아

시가 흐르는 동강 변을 달리고 있다

가슴에

뜨거운 숨결이 일렁인다

남자는 그랬다

아파트 현관 번호를 누르며…….

조금만 더 가까이

사랑은
신이 주신 아름다운
선물이며 축복이지요

조금만
더 가까이 다가오세요
마음의 창을 활짝 열어놓았어요

삼천 번의
옷깃을 스쳐야만
만나진다는 소중한 인연처럼
오늘 하루가 우리에게 최고의 선물이길요

사랑샘이 흐르네요
촉촉하게 입술을 적셔봐요
이 아침이 깨어나는 이유는
내 가슴속에 당신이 있기 때문이지요

수채화로 물들인 사랑
내 마음에 꽃비가 내리면
우리 뜨거운 숨결로 노래해요
조금만 더 가까이 다가오세요.

취하고 싶은 여름

무더위에
지친 선풍기가
고열로 비틀거리고 있다

남자는 주말 오후
지친 삶 거실 방에 눕혀놓고
선풍기 아래에서 꾸벅 꾸벅 졸고 있다

남자의 품에 안겼던
시집 수채화로 물들인 사랑
빗소리에 취해 어둠 속으로 걸어간다.

57

그리움에 젖을 때

봄비
오는 소리가
이렇게 정겨움일까

누가
보일러
연통 위에
그리움을 걸어 놓았을까

오늘밤도
보일러 연통 위로
떨어지는 빗소리에
남자는 흠뻑 취하고 말았다

이 비가 그치고 나면
내 고향 두메산골에도
복사꽃 꽃비 되어 흩날리겠지.

오월 그대 품속으로

라일락 향기
진하게 묻어나는 오월
그대 품속으로 달리는 남자

가슴 속으로
파고드는 초록 물결
향기 바람에 몸을 맡긴다

목선을 타고 흐르는
굵은 땀방울들의 유혹
심장은 뜨거운 반란이다

고지를 향해 달리는 남자
목까지 차오르는 거친 숨결
잠시 심장을 꺼내놓고 쉼하고 싶음이다

그러나
멈출 수가 없다
쉼 없이 달려야 한다
심장이 뛰는 그날까지……

59

두타산으로 간 남자

4월의
봄바람은
멋진 남자의
가슴을 흔들어 놓았나 보다

아내가 싸준
김밥을 가방 속에 챙기고
나의 오랜 지기 애마와 함께
남자는 두타산으로 달려갔다

자연의 품속이
얼마나 그리움이었을까
발길을 옮기는 남자는 행복한 모습이다

맑음의 숨결
상큼한 향기바람
꽃들의 아름다운 속삭임
연초록 물결이 왈츠 속으로 빠진다

자연의 소리
그 아름다운 울림은
남자의 마음을 다 빼앗아 갔다

두타산으로 오르는 길
폭포의 웅장한 물줄기가
힘찬 울림으로 나를 포용하며
가슴 속 혈관을 타고 뜨겁게 흐른다

목선을 타고 흐르던
뜨거운 땀방울의 알갱이들
두타산의 차가운 바람 탓일까
자꾸만 내 가슴속으로 파고든다

두타산은 그 곳에 있었다
엄마의 품속처럼 편안한 그곳에
내 마음 다 내려놓고 잠들고 싶음이다.

사랑할 수 있다는 것

아주 오랜만에
늦잠을 잤습니다
그리고 베란다 창을 열고
내 가슴의 문을 열었습니다

아침햇살 같은 당신
내 허락도 없이 살포시
가슴 속으로 파고듭니다

향기가 있는 아침
당신이 보내준 사랑
싱그러운 아침에 행복이라 말합니다

향기 묻어나는 당신을
사랑할 수 있다는 것은
축복이며 아름다운 선물입니다

오늘도
새로운 아침을 맞음에
당신을 사랑할 수 있음에
차 한 잔의 여유로움에 젖어봅니다

아침 햇살이
내 가슴에 드리우는 그날까지
영원히 당신을 따뜻한 가슴으로 사랑하렵니다.

왜 좋으냐고 물으신다면

내 가슴을
초록 향기로
꽉 채운 당신

내 심장은
당신으로 인해
뛰고 있어 참으로 행복하다

왜 좋으냐고
굳이 물으신다면

내가 사랑하는 사람이니까
이 세상에서 가장 아름다운 당신이니까

해맑은 웃음
세상에 때 묻지 않은 풋풋한 그녀
문학소녀처럼 수줍은 당신이 참 좋다

내가 당신에게 첫사랑이며
마지막 여자이길 바라는 그녀
오늘도 우리는 이젤을 들고 행복 속으로 여행을 떠난다.

내 마음에 꽃비가 내리면

제목 : 내 마음에 꽃비가 내리면
시낭송 : 박영애
스마트폰으로 QR 코드를 스캔하면
시낭송을 감상할 수 있습니다.

초록 향기 묻어나는
싱그러운 아침 시 한 편과
아메리카노 커피 향에 젖는 여자

출근길
시집 한 권이
가방 속에 있기만 해도
참 기분이 좋아진다는 그녀

풋풋한 단발머리
문학소녀를 닮았음일까
내 마음에 꽃비 되어 내린다

붉은 입술의 유혹
아름다운 언어들의 속삭임
누군가의 가슴을 적시고 싶음일까

누군가 나의 시를
사랑하고 행복에 취한다는 것
얼마나 아름다운 선물인가
정말 시인되길 참으로 잘했다

너무나 가슴이 벅차서
이 밤 뜨거운 가슴을 적시고 싶음이다
어둠 속으로 걸어오는 밤비를 품고 싶음이다.

오월의 마지막 휴일 아침

여명의
아침 속으로
싱그러운 그대
아름다운 그대를
뜨거운 가슴으로 맞이합니다

아메리카노 커피 한잔
아침 공기를 타고 흐르는
은은한 커피 냄새가
바로 당신의 향기였군요

베란다 작은 공간
초록 향기 묻어나는
나만의 작은 쉼터에서

오늘도
당신을 기다리며
아직도 잠이 들깬
마음 하나 살포시 꺼내놓습니다.

난 지금 어디로 가고 있는가

출근길
평상시처럼
매일 달리던 그 길을
애마와 함께 일터로 달려간다

차창으로 흐르는 빗물
그리고 스치는 풍경들
라디오에서 흘러나오는 음악들
오늘따라 모두가 낯설게만 느껴진다

문득 떠오르는 시상들
신작로 갓길에 애마를 세우고
작은 손 수첩에다 스케치한다

그리고
다시 출발하려는 순간
아뿔싸, 여기가 어디인가
매일 달리던 그 길은 보이지 않는다

조금 전 삼거리에서
우회전을 해야 하는데
무조건 앞만 보고 달려온 것이다

난 지금 어디로 가고 있는가
가끔은 이렇게 일탈을 꿈꾸고 싶은가 보다.

제3부 그리움 하나 있다는 것

때로는
아파하는 것도
사랑이라 말합니다

달리는 시인 김이진

커피

쌉싸름한 그리움이
가을 속으로 걸어와
잠자는 아침을 깨운다

온몸으로
전해지는 짜릿한 전율
내 혀를 너에게 맡긴다

너의 숨결에
너의 체취에
잠시나마 황홀경에 젖는다.

유혹2

아삭한
사과 한입
베어 물었음일까

촉촉하게 젖은
붉은 입술의 유혹
그녀의 뜨거운 숨결이다

투박한
남자의 가슴에
수채화 물감이 뚝뚝 떨어진다.

바람3

허락도 없이
가슴 속으로 파고든다

난
네 품속이 참 좋다

날마다
너의 숨결을
너의 체취를
느끼고 싶음이다

깊어가는 가을
갈색 그리움 담아 당신의 가슴에
파스텔 톤으로 채색하고 싶음이다.

반환점

42.195㎞
숨이 턱까지 차오릅니다

마라토너는
한 모금의 물로
거친 숨결을 달래봅니다

투박한 남자의
가슴을 적시는 굵은 땀방울
그 느낌, 뜨거운 전율입니다

지금까지 달려온
수많은 길에서 칠월의 아침
당신을 만남은 아름다운 선물입니다

사랑합니다
축복합니다
이제 반환점을 돌아
칠월의 아침 속으로 힘차게 달려봅니다.

제3부 그리움 하나 있다는 것

상사화

밤새
빗소리에 뒤척이다
이른 새벽을 맞는다

가녀린 그녀
진한 여인의 체취
내 가슴을 훔치려 한다

매일 밤
그리움의 눈물로
가슴 적시다 지쳐 쓰러진다

당신을
만나려 해도
만날 수 없는 운명
바람은 알고나 있을까
연분홍 치맛자락을 흔들고 있다

그대 사모함에
한 떨기 꽃으로 태어나
한여름 뙤약볕 기다림의 시간
멍하니 파란 하늘만 쳐다본다.

그리움

지도에도 없는

섬

하

나

내 가슴에 새겼다.

제3부 그리움 하나 있다는 것

그리움2

출근길
어디론가 무작정
떠나고 싶음이다

사무실 창가에서
그리움 하나 담아
빗소리에 젖어 가을을 마신다

수화기 너머로
들려오는 그녀의 목소리

보고 싶다는 그 말
가을비만큼이나
내 가슴을 촉촉하게 적신다.

기다림2

또
다른
행복으로
다가오는 것

오늘도
그 행복을 기다리며
어디론가 길을 나선다

폐부 속으로 파고드는
바람의 숨결을 느끼며…….

가을 그대〈시조〉

요선정
강가에서
바람을 포옹했지

저녁놀
그리움은
가슴을 흔든다네

내 가슴
흠뻑 취했지
가을 그대 유혹에…….

능소화 恩情

바람이 불어도
뜨거운 햇살에도
늘 변함없는 사랑

너의 여린 손짓에
너의 해맑은 숨결에
내 마음 흔들리고 있다네

얼마나
애타게 그리웠으면
하늘 향해 그리움을 토해내는가.

칠월의 안부

뻐꾸기 소리
정겨움으로 다가와
칠월의 아침을 깨운다

수채화 물감이
가슴으로 내리는 아침

당신의
아침을 불러봅니다

당신의
안부를 묻습니다

잘 있냐고
어떻게 지내냐고
그렇게 칠월의 안부를 묻습니다.

난 누구인가

근육질의 반란
굵은 땀방울이
소리 없이 목선을 타고
뜨거운 심장 속으로 흐르고 있다

그리움도 잠들은 밤
보일러 연통 위로 떨어지는
빗소리만이 남자의 마음을 흔들고 있다

난 누구인가
난 어디로 흘러가고 있는가
개똥철학 같은 부질없는 생각
잠 못 드는 이 밤이 쓸쓸함으로 다가온다

어차피 인생은 혼자인 것을
왜 이리도 아파하고 있는지
왜 이리도 가슴이 허전한 것인지

비틀거리는 밤
터질 것 같은 가슴
빗소리에 취하고 싶다
이 밤이 지새도록 빗속을 달리고 싶다.

제3부 그리움 하나 있다는 것

가을 당신은

가을
당신은
사랑입니다

가을
당신은
그리움입니다

맑음의 숨결
당신이 있어
참으로 행복하답니다

오늘도 난
당신의 화폭에다
수채화 물감을 풀어놓습니다

그리고
사랑한다
말하고 싶습니다

오늘이
가기 전에
당신을 꼬옥 안아주렵니다.

자유를 꿈꾸며

끈적거리는 주말 오후
아스팔트의 뜨거운 숨결이
남자의 숨통을 가로 막는다

굵은 땀방울
날개가 흠뻑 젖었음일까
더 이상은 날 수가 없다

한 잔의 술 때문일까
어둠 속에서 비틀거리는 영혼
가슴 속으로 흐르는 별빛을 품는다

자유로운 영혼
골목길을 지나는 바람
소리 없이 다가와 남자의 얼굴을 만진다.

제3부 그리움하나있다는것

그리움의 눈물

주말 오후
그녀가 내 뜨거운 품속으로 달려와
펑펑 그리움의 눈물로 가슴을 적신다

얼마나 그리웠으면
뜨거운 아스팔트 위에서
내 가슴은 시커멓게 타고 있었던가

얼마나 애타게 기다렸던가
가슴 속으로 흐르는 사랑아
그렇게 보고 싶음 하늘도 알았나 보다

펑펑 울어라
메마른 가슴을 흠뻑 적셔라
뜨거운 아스팔트 위로 힘차게 내려라

날마다
그리움의 눈물로
밤을 지새우지 않았던가

초록의 물결이 일렁인다
이 세상 어느 소리가
이 보다 더 아름다울까

이 세상 어느 소리가
이 보다 더 정겨움일까

어둠 속으로 내려라
이 밤이 지새도록 펑펑 울어라
오늘 밤은 너와 함께 뜨거운 사랑을 노래하리라.

제3부 그리움 하나 있다는 것

가을이 아프다〈시조〉

1.
사랑아 내 사랑아
어디쯤 오고 있니

지난밤 널 그리다
아침을 맞이하네

애틋한 나의 사랑아
내 가을이 아프다.

2.
참 곱다 내 사랑아
가을 속 사랑이여

핑크빛 그리움아
슬프다 울지 마오

사랑아 그리운 님아
보고 싶다 정말로…….

바람아 불어라

가을
그대 가슴을
훔치고 싶다

바람아 불어라
쉼 없이 달려오라
내 품속으로 달려오라

두 팔 벌려
당신을 꼬옥 안아주리다

벅찬 가슴으로
뜨거운 숨결로
가을 당신을 사랑하리다

바람 소리
그리움일까
그대의 속삭임처럼
어둠 속으로 달려온다.

비틀거리는 영혼

뜨거운 숨결
끈적거리는 주말 오후
피곤한 육신을 잠재운다

그리움일까
삶에 지친 먹구름 하나
꺼이꺼이 울음을 토해낸다

남자는
어둠 속으로 걸어간다
나신이 되어 뜨거운 가슴을 적신다.

노루목의 페스티벌

아름다운
언어들의 축제
왈츠 속으로 빠진다

가을 품에
안긴 시어들
작은 들꽃으로 피었다

마음을
다 주고 싶음일까
바람결에 흔들림이다

상큼한 향기바람이
가슴속으로 살포시 내려앉았다

수채화 물감을 뿌려놓은 듯
파아란 하늘에서 물감 냄새가 난다

시냇물 따라 흘러 흘러
어디론가 떠나고 싶음일까

노루목 계곡에
방랑시인 김삿갓이
마음 하나 내려놓고 발길 머무름이다.

*노루목 : 강원도 영월 김삿갓 묘역이 있는 곳.

제3부 그리움하나있다는것

그리움이 비에 젖었다

밤새
그리움을
풀어 놓았음일까

그녀가
아침 속으로 걸어온다

누구를
기다림일까

민들레 홀씨 되어
어디론가 훨훨 날아가고 싶음이겠지

비가 내린다
그 비에 가슴을 내어주고 싶음이다

아무런 조건 없이…….

취하고 싶은 가을날에

어디론가
훌쩍 떠나고 싶음이다

파아란 하늘에
마음 하나 풀어놓고
마음껏 뒹굴고 싶음이다

여름 내내 젖었던 가슴
고추 발에 널어 말리고 싶음이다
상큼한 바람에 내 마음 다 주고 싶음이다

숲속을 달린다
바람은 가슴을 흔들고 있음이다
가슴 속으로 파고드는 굵은 땀방울
뜨거운 그리움을 토해내고 있음이다.

가을 그대를 보내면서

누가 남자의 가슴에
수채화 물감을 풀어 놓았는가
진한 물감 냄새에 흠뻑 취하고 싶은 남자

가을은 그렇게
투박한 남자의 가슴에
수채화 물감을 풀어 놓았나 봅니다

뜨거운 숨결
바람결에 일렁이는 낙엽들
숨이 멎을 것처럼 가슴이 벅차다
잠자던 세포조직들이 꿈틀거린다

삶에 지친 영혼들이여
비틀거리지 말지어다
아무 말도 하지 말지어다
가을 그대 품속에 영원히 잠들지어다.

커피잔에 담긴 수채화

물감 냄새가 진동한다
저마다의 색채감으로
가을은 수채화를 그리고 있다

아침마다
커피 한잔의
여유로움에 젖어
내 삶의 친구를 만나는 시간
잠시 머무름은 감사와 축복이다

지난 칠월의 첫날
우리는 처음 만났다
아무 말 하지 않아도
상큼한 초록의 향기로 다가와
그렇게 사랑을 스케치하였다

그녀의 가슴은 온통
파스텔 톤으로 물들여졌다

이제 머지않아
짧은 사랑을 뒤로하고
내 곁을 떠날지 모르지만
예쁜 사랑을 그린 그녀의 숨결은
또 하나의 수채화로 내 가슴에 물들여지겠지……

그리움 하나 있다는 것

가슴 속에
그리움 하나 있다는 것
내가 살아가는 이유랍니다

어쩌면 우리는
날마다 그 그리움을
먹고 사는지도 모른답니다

때로는
아파하는 것도
사랑이라 말합니다

수채화로 물들인 사랑
내 마음에 꽃비가 내리면
또 다른 그리움으로 찾아오겠지요

그래서
사랑을 하고
그 그리움에 가슴앓이를 하고

깊어가는 가을
그대 가슴에 뜨거운 사랑으로
붉은 숨결로 물들이고 싶습니다.

 제목 : 그리움 하나 있다는 것
시낭송 : 박순애
스마트폰으로 QR 코드를 스캔하면
시낭송을 감상할 수 있습니다.

그리움이 사랑을 품을 때

누가
가을은
남자의 계절이라 하였던가

그리움이
사랑을 품을 때
바람은 이미 알고 있었나 보다

내 가슴 속으로
들어온 상큼한 바람이
구절초의 사랑이었다는 것을

이 가을
붉게 물들이고 싶다
사내의 투박한 가슴을 …….

그리움 만질 수만 있다면

그리움
가을바람 타고 와
내 가슴을 흔들고 있습니다

그리움
만져보고 싶습니다

그리움
꼬옥 안아주고 싶습니다

어느 가을날
당신과 함께한 마지막 산행

당신의 숨결
당신의 땀 내음을 기억합니다

마당을 지나
거실 창으로 살포시 들어온
아침 햇살이 당신이었으면 좋겠습니다

오늘따라

당신이 너무나 그립습니다

당신이 너무나 보고 싶습니다

사랑하는

나의 아버지…….

가을을 품고 싶은 남자

따끈한 커피 한잔이
행복을 부르는 아침

커피 냄새가
은은하게 비를 타고 내립니다

베란다 숲속
나만의 작은 공간에도
가을이 빨갛게 물들어가고 있습니다

산다는 것
이런 건가 봅니다

작은 것에도 행복해하고
사랑할 수 있는 마음을 갖게 하시니
이것 또한 아름다운 축복인가 봅니다

창밖으로 보이는 풍경들

전봇대 옆에 자리한 백일홍의 고운 자태

담벼락 아래 수줍게 고개를 내민 노란 호박꽃

바라보는 눈빛 하나하나가 참으로 아름답습니다

가을비가

가슴을 적시는 아침입니다

그 가을비에

가슴을 내어 주고 싶음입니다

그리고

이 가을을 꼬옥 안아 주렵니다

투박한 남자의 뜨거운 가슴으로…….

제4부 섶다리

하늘빛 머금은 동강
흐르는 여울살의 울림
아버지의 목소리가 걸어온다

설렘

첫눈
언제나 처음이라는 말은
아름답고 설렘으로 다가오네요

그 옛날
문학소녀는
자동차 보닛 위에다
예쁜 하트를 그렸어요

어느
문학소녀를 생각하며
투박한 남자의 가슴에
하얀 설렘이 내리고 있어요

사랑해

얼마나
소중하고
아름다운 말인가

언제나
설렘으로 아름답게
그렇게 늙어가고 싶음입니다.

옹이〈시조〉

세월에
흔적일까
얼마나 아팠을까

옹이의
깊은 상처
바람에 울음소리

울 엄마
가슴 속에다
훈장 하나 새겼네.

혜안慧眼〈시조〉

파도가
우는 것도
깊이가 있음이지

마음에
빗장 열고
세상을 바라볼 때

예수도
석가모니도
마음속에 있다네.

청령포〈시조〉

천만리
머나먼 길
두고 온 그리운 임

조약돌
하나 주워
망향탑 올라서니

그리움
눈물 꽃 피워
서강 물길 흐르네.

* 청령포 : 조선 제6대 왕인 단종의 유배지
* 서강 : 청령포를 휘감고 흐르는 강

우중주〈시조〉

남자는
겨울비에
사랑을 고백한다

그리고
조건 없이
가슴을 내어준다

땀방울
거친 숨결로
내 품속에 안긴다.

섶다리

바람의 향기
아버지의 숨결이다

그곳에는
아버지의 고향이 있고
아버지의 젊음이 있고
아버지의 삶이 묻어난다

하늘빛 머금은 동강
흐르는 여울살의 울림
아버지의 목소리가 걸어온다

그
섶다리를
건너는 아들
흰 머리카락이
세월을 핑계 삼아 바람을 붙잡는다.

섶다리2

마을과 마을을
이어주는 연결고리

그 길은
서로의 마음을 나누는
소통으로 가는 행복한 길이었다

내 이웃에
누가 사는지도 모르는 세상
아니 누가 사는지 관심조차도 없다

겨울로 가는 길
이웃과 정을 나누고
따뜻한 사랑을 전하는
아름다운 세상으로 걸어가는 길

고향의 어머니 품처럼
정겨움이 흠뻑 묻어나는 길
아버지는 가을걷이가 끝나고
솔가지를 엮어 섶다리를 세운다

그 섶다리가
우리들 가슴에
뜨거운 숨결로 다가와
이 겨울이 따뜻했으면 좋겠습니다.

불침번

1.
밤새
널 그리다가
아침 햇살이 부끄러워
어디론가 숨고 싶음이다.

2.
누구를
기다림일까

밤새 아파하는
시계의 초침 소리
참으로 애틋하다

그도
나처럼
까만 밤을 품고 있었나 보다.

불침번9

밤비가
가슴을 적신다

빗소리에
놀란 그녀
밤이 지새도록
투박한 사내의 품에서 새근거린다

시계의 초침 소리
삶이 기지개를 켜는 아침
행복이 부르는 오늘을 산책을 한다.

제4부 설라리

불침번10

보일러 연통 위로
또각거리며 걸어오는
그녀가 아슬아슬 곡예를 한다

흠뻑 젖었다

밤새
내리는
빗소리에

그리움이…….

겨울 바다2

당신이랑
아무도 없는
겨울 바다 걷고 싶다

우리 둘만의
시간 속으로
그렇게 여행을 떠나고 싶다

하얀 포말의
알갱이들과 하나 되어
파도의 울부짖음을 느끼고 싶다

이 겨울이 떠나기 전에…….

해물순두부

파도 소리 들리겠지
그녀의 숨결도 들리겠지

조약돌
구르는 소리
행복한 아침을 깨운다.

마지막 출근

마지막 출근하는 날
조금은 특별한 날일까
매일 만나는 오늘이지만
그 아침은 날 꼬옥 안아준다

샤워를 하고
거울 앞에 서 있는 남자
왠지 조금은 작아지는 느낌일까
오늘따라 또 다른 느낌으로 다가온다

현관 앞
함께 출근하는 그녀가
살포시 내 등을 어루만진다

매일 달리던 출근길
61번로 그 길이 마지막이라는 생각에
차창으로 스치는 하늘을 보며 마음을 달랜다

동료가 타준
따뜻한 아메리카노 한잔
입안에 긴 여운을 남기며
나만의 시간 속으로 발길을 옮긴다.

주부 초년생

여보!
청국장에는
두부를 넣어야 맛있어요
누가 햄을 넣으라 했어요

여보!
요즘 청소기 안 돌려요
그냥 있으면 심심하잖아요

여보!
세탁할 때 세탁물은
분류해서 해야 하는 거 알죠

여보!
오늘 사 온
고들빼기 좀 다듬어 줘요

여보!
이왕 주부 하려면
제대로 확실하게 하세요
알았죠

남자는
아내의 잔소리에
윙윙 청소기를 돌린다

그리고 어느 날
아버지 요리학교에 등록하였다.

정적과 동적

그들은 말한다
정적과 동적
불협화음이란다

시인과
마라토너
무엇이 다른가

인생은
마라톤이라 했던가

42.195km
그 길은 참으로 멀고도 험난하다
그 길에서 또 하나의 나를 발견한다

시인은
한 줄의 시를 쓰기 위해
혼을 불어놓고 고뇌의 시간 속에
몸부림치며 밤을 꼬박 지새우기도 한다

정적과 동적
자연의 섭리처럼
음양의 조화처럼
서로가 어우러짐이다

그것은
감미로운 시가 되고
아름다운 노래가 되어
달리는 시인의 심장을 춤추게 할 것이다.

제4부 설다리

산다는 것은

누가 그랬던가
산다는 것은 고통이라고

그 고통을 짊어지고
오늘도 어디론가 떠나는 것이다

산다는 것
뭐 특별한 것이 있겠는가
뭐가 그리도 행복하겠는가

어쩌면
그 고통이 있기에
작은 것에도 기쁘고 감사함이 아니던가
살아 숨 쉴 수 있음도 축복이 아니던가

고통을 가슴으로 품어보자
꿈틀거리는 희열을 느껴보자
안경을 벗어놓고…….

12월의 독백

첫사랑의 설렘처럼
12월의 아침을 맞이합니다

수많은 세월이 흘러도
가슴 속 서랍에 담아둔 그리움은
그녀의 숨결처럼 떨림으로 다가옵니다

검정 비닐 속
새색시의 수줍음일까
얼굴을 붉히는 빨간 홍시처럼
누군가를 기다리는 설렘으로 다가옵니다

따끈한 커피 한 잔이
예쁜 접시에 홍시 하나가
엄마의 따뜻한 사랑 머금고
겨울아이를 달콤하게 안아줍니다

12월의 가슴에
하얀 그리움으로
또 하나의 추억을 그리며
가슴이 뜨거워지는 사랑처럼
엄마가 타준 따끈한 커피처럼
날마다 기쁨과 감사의 시간이었으면 좋겠습니다.

겨울 강가에서

바람이
우는 소리를
들어보았는가

휘파람 소리
얼어붙은 강가에서
바람은 앙탈을 부린다

달리는 시인
투박한 남자의
가슴팍으로 파고드는 바람

가슴이 시리다
아무 말 없이 안아주련다
바람의 숨결을 느끼면서…….

떠나간다는 것

정녕
떠나시렵니까

이별 앞에
눈물 흘리는 것
어찌 너뿐이겠는가

바람은
그저 지켜볼 뿐
아무런 말이 없습니다

은하수 별빛
꽃비 되어 내리는 밤하늘에
그리움 하나 찍어 놓습니다

정말이지
당신이 떠난 빈자리 어찌합니까
바람은 아무런 말이 없습니다.

제4부 섬다리

바람도 때로는

바람도
때로는
아픈가 보다

얼마나 추울까
얼마나 무서울까
얼마나 가슴이 시릴까

멍하니
시커먼 천정만
바라보는 남자
생각이 까만 밤을 삼키고 있다

밤새
창문을 두드리며
울어대는 바람 소리에
흔들리고 뒤척이는 밤이었다

아침을 찾아
베란다 창가로 달려온 바람
포근한 햇살 품에 안겨 눈물만 흘린다.

마라톤 완주 메달

얼마나
달려왔던가
내 인생의 반은 달렸으리라

벽에 걸린
수많은 땀의 결정체
추억이 스크린처럼 지나간다

목선을 타고
가슴 속으로 흐르던
뜨거운 숨결이 그날을 기억한다

숨이 턱까지 차오르고
마지막 골인 지점을 향해
달리는 발걸음은 달리기를 거부한다

뜨거운 심장
주로에 내려놓고
잠시 쉬어가고 싶음이다

완주의 벅찬 감동
내 가슴에 자랑스러운 메달
훈장처럼 햇살에 함박웃음이다.

제4부 섭다리

자전거를 타는 남자

베란다 창가에서
밤새 서성이던 차가운 바람
멋진 남자의 가슴을 훔친다

자전거의 페달을 밟는다
무아의 세상 속으로 날갯짓이다

나
혼자만의 시간
거친 숨소리만이 새벽을 가른다

굵은 땀방울
목선을 타고
내 허락도 없이
가슴 속으로 파고든다

심장이 뜨거워진다
샤워기 아래 축복의 시간이다

내가
살아 있음에
가장 기쁘고 감사한 시간
새로운 아침이 왈츠 속으로 빠진다.

그녀가 시집가던 날

시집가기 전날 밤
바다가 그리움이었을까
그녀는 바다 속으로 걸어간다

그리고
하룻밤을
뜬눈으로 지새운다

그녀는
멋진 남자를 따라가
커다란 궁전에 비너스처럼 누웠다

남자의
능숙한 손길에
그녀는 취했음일까
아무 말 없이 몸을 맡긴다

수줍음일까
거친 숨결이다
뜨거운 숨결이다

그녀의
풍만한 가슴에
붉은 사랑 꽃이 피었다.

제4부 섶다리

꿈을 꿀 수 있다는 것

차가운 베란다
아침을 찾아온 하얀 그리움
머그잔에 담긴 커피 속으로 빠진다

살아 있다는 것
꿈을 꿀 수 있다는 것
신이 주신 아름다운 선물
그것은 사랑이며 축복이다

이젤을 펼치고
수채화 물감을 챙기고
그 위에 투박한 가슴 하나 걸어 놓는다

오늘은
무슨 추억이
가슴 속 화폭에 그려질까

진한 커피가
뜨거운 숨결로 다가와
멋진 남자의 입술을 훔친다.

제목 : 꿈을 꿀 수 있다는 것
시낭송 : 김기월
스마트폰으로 QR 코드를 스캔하면
시낭송을 감상할 수 있습니다.

산사의 작은 카페에서

시가 흐르고
음악이 흐르고
진한 커피 냄새가
그리움처럼 가슴을 타고 내립니다

산사의 작은 카페
따끈한 커피 한 모금
목구멍을 타고 내려와
잠자는 세포들을 깨우고 있습니다

뜨거운 숨결
투박한 머그잔에 담긴 입술
그녀의 입술을 훔친 것처럼 떨림입니다

창밖의 풍경
앙상한 나뭇가지 사이로
겨울 햇살이 그녀와 함께
엷은 미소 머금고 하늘하늘 걸어옵니다.

시월의 어느 멋진 날에

양동이에
가득 풀어놓은
수채화 물감들이
바람결에 흔들림이다

누군가 달려와
사랑스런 얼굴로
양동이에 손을 담그고
바람난 가을을 느끼고 있을 것이다

그리고
긴 머리를
양동이에 풀어놓는다

시월의
어느 멋진 날에
바람은 그렇게 다가와
사내의 가슴을 흠뻑 적시고 있다.

당신의 아침을 불러봅니다

차가운 베란다 창가에
아메리카노 한잔 걸어놓고
당신의 아침을 불러봅니다

하얀 풍경 속으로
그리움이 기지개를 켜는 아침

산 아래 자리한
어느 기와집 굴뚝에서
몽실몽실 피어오르는 그리움이
아침 속으로 살포시 걸어옵니다

누군가를 기억하고
누군가에게 기억되는
아름다운 사람이고 싶은 아침

자연을 닮은 맑음의 숨결
당신의 아침을 불러봅니다
당신의 아침을 사랑합니다.

그리움이
사랑을 품을 때

김이진 제3시집

2021년 5월 3일 초판 1쇄
2021년 5월 7일 발행
지 은 이 : 김이진
펴 낸 이 : 김락호
디자인 편집 : 이은희
기 획 : 시사랑음악사랑
연 락 처 : 1899-1341
홈페이지 주소 : www.poemmusic.net
E-Mail : poemarts@hanmail.net

정가 : 10,000원
ISBN : 979-11-6284-275-1